Für Héloïse und ihren GhΩ*ghΩ*
S. N.

Albertine • Sylvie Neeman:
Sie kommen!
978 3 8489 0174 6

© 2020 Aladin in der Thienemann-Esslinger Verlag GmbH, Stuttgart
Text © Sylvie Neeman
Illustrationen © Albertine
Aus dem Französischen von Bernadette Ott
Originalverlag: Éditions La Joie de lire, Genf 2018
Originaltitel: Ils arrivent!
Einbandtypografie: Buch + Grafik, Doris Grüniger, Zürich
Innentypografie: Swabianmedia, Eva Mokhlis, Stuttgart
Reproduktion: HKS-Artmedia GmbH, Ostfildern-Kemnat
Druck und Bindung: Livonia Print, Riga, Lettland

Printed in Latvia. Alle Rechte vorbehalten
www.aladin-verlag.de

**Albertine
Sylvie Neeman**

Sie kommen!

Aus dem Französischen von Bernadette Ott

Es ist so weit. Ich höre sie.
Da sind sie.
Ich bin mir ganz sicher, gleich sind sie da.

Ich sehe sie nicht, aber ich höre sie.

Wo stecken sie?
Wie viele sind es?
Hundert? Tausend?

Kommt mir eher vor wie eine Rhinozerosherde.
Wie eine Meute von Dinosauriern.
Kommt mir eher vor wie eine Familie zotteliger Mammuts,
die durch die Steppe galoppieren.
Kommt mir eher vor wie sechsunddreißig Orang-Utans,
die sich alle in einem Bus drängeln und schubsen.

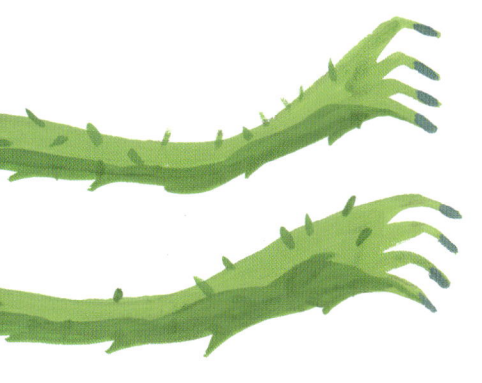

Ob sie lange grüne Arme mit Stachelhaaren haben?
Ob sie spitze Ohren und scharfe Krallen haben?
Ob sie eine laute Stimme haben?
Ob ihre Augen Blitze schleudern können?

Hoffentlich haben sie gut gefrühstückt
und sind nicht mehr hungrig.

Hoffentlich haben sie gut geschlafen
und hatten süße Träume.

Ich kann nur hoffen, dass sie gut gelaunt sind und nicht ihre Enterhaken und Ritterschwerter dabeihaben.
Manchmal, so sagt man, rücken sie auch mit ihren Piratendolchen und Räuberspießen an.
Und manchmal sogar mit ihren kleinen Brüdern.

Manchmal strahlen dich ihre Augen wie Sterne an
und sie schenken dir großzügig ihr Lächeln –
aber kann man dem trauen?

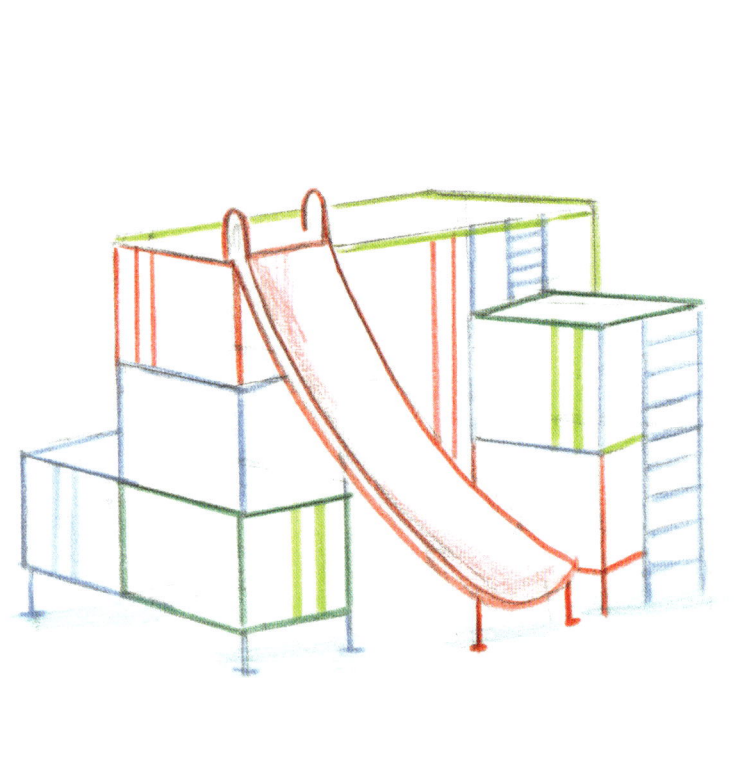

Wo bleiben sie?
Warum höre ich sie nicht mehr?
Verstecken sie sich hinter der Mauer?

Warum verstecken sie sich?
Was führen sie im Schilde?
Wer weiß, was sie gerade aushecken!
Gleich stürmen sie durchs Fenster und dann …
Oink, oink! Wumm! Uaargh!

Ob sie mir viele Fragen stellen werden?
Und wenn ich darauf keine Antwort weiß, was dann?
Nicht dass sie mich noch bestrafen …

Ob sie drei Meter hoch sind? Und wie viele Zähne haben sie wohl?
Sind sie gefleckt? Oder gestreift?
Wie viele Finger haben sie? Und wie viele Zehen?
Haben sie Buckel und Beulen? Sind sie zerdrückt? Oder geflickt?

Jetzt aber Schluss mit dem Kinderkram!
Aus dem Alter bin ich raus!
All die Geschichten über Monster und Ungeheuer,
Wölfe und Gespenster und Hexen und Frösche –
so oft, wie ich sie schon erzählt habe,
da glaubt man am Ende noch daran.
Als ob es sie wirklich geben würde …
Als ob …

Und wenn ich mich im Schrank verstecke?
Ob die Lampe an der Decke mein Gewicht aushält?
Oder vielleicht sollte ich …

Zu spät … Da kommen sie!
Sie sind schon da!
Ich sehe sie …